GÉRARD MORDILLAT
JÉRÔME PRIEUR

Corpus Christi

Roi des Juifs

W0461177

arte
Éditions

ÉDITIONS MILLE ET UNE NUITS

MORDILLAT/PRIEUR

Texte intégral

INÉDIT

Ce livre est tiré de la série télévisée *Corpus Christi* coproduite par Archipel 33 et La Sept/Arte.

© Éditions Mille et une nuits/ARTE Éditions, mars 1997.
ISBN : 2-84205-134-3
Achevé d'imprimer en mars 1997
par G. Canale & C. Spa (Turin, Italie)

Sommaire

Évangile selon Jean (XIX, 17 à 22)

Ils prirent donc Jésus
Et portant lui-même sa croix
Jésus sortit vers le lieu dit « du crâne »
Qui en hébreu se dit Golgotha
Où ils le crucifièrent
Et avec lui deux autres
Un de-ci, un de-là
Et au milieu Jésus.
Pilate écrivit aussi un écriteau
Et le fixa sur la croix
Il y était écrit
« Jésus le Nazôréen, le roi des Juifs »
Cet écriteau beaucoup de Juifs le lurent
Parce que le lieu où Jésus fut crucifié
Était proche de la ville
Et c'était écrit en hébreu, en latin et en grec.
Les Grands Prêtres des Juifs dirent à Pilate :
« N'écris pas : le roi des Juifs, mais qu'il a dit :
"Je suis le roi des Juifs." »
Pilate répondit :
« Ce que j'ai écrit, je l'ai écrit. »

Introduction

Quelles que soient nos croyances ou nos convictions, comment se fait-il que nous connaissions aussi peu les origines du christianisme ?

Comment mettre en évidence que les écrits fondateurs qui composent le Nouveau Testament sont le résultat d'une longue élaboration ?

Comment rappeler que les Évangiles, avant d'être un texte sacré, constituent d'abord un texte ?

Comment montrer que cette histoire, tellement investie au cours des siècles par les interprétations religieuses, risque de disparaître sous elles ?

Avant d'interroger chaque phrase du récit de la Passion dans l'Évangile selon Jean, d'en soumettre chaque élément aux hypothèses les plus avancées de la recherche historique, et de la critique textuelle, il faut se défaire de deux préjugés qui, depuis toujours, obscurcissent le débat entre les chercheurs.

D'une part, le « christo-centrisme », c'est-à-dire la tendance des exégètes à tout expliquer – même les impasses du texte – par la certitude indiscutable que Jésus est le Christ.

D'autre part, le soupçon de préméditation ; c'est-à-dire le préjugé supposant que ces textes, aussi divers soient-ils, ont été écrits ou réécrits dans le but de tromper les lecteurs, de les attirer vers l'Église, comme l'ont défendu les historiens « rationalistes ».

Au regard des modes de fabrication, des procédés d'écriture, des anachronismes, des anomalies de ces textes, ni le « christo-centrisme » ni la « préméditation » ne sont des *a priori* recevables.

Ce qu'il faut sans cesse rappeler, en revanche, c'est que les Évangiles ne sont pas contemporains des événements qu'ils décrivent et qu'ils poursuivent d'autres buts que de dire l'histoire. De même que Jésus n'a jamais été chrétien, le christianisme primitif (avant la lettre) est radicalement étranger au modèle catholique et romain auquel il allait finir par donner naissance.

Pour être appréhendée dans sa complexité, la question historique doit donc l'être sur un double terrain. Elle doit l'être dans le cadre du judaïsme du début du Ier siècle, à l'intérieur des données sociales, politiques et religieuses de la Palestine et non selon une grille moderne d'interprétation. Elle doit l'être sans jamais oublier non plus le cadre dans lequel ces textes ont été écrits, c'est-à-dire au moment où le christianisme émerge du judaïsme palestinien et s'en sépare ; au moment où la Palestine par deux fois, en 70 puis en 135, va être vaincue par l'Empire romain.

Corpus Christi touche à un domaine si complexe que nous n'avons, évidemment, ni la naïveté ni la prétention de répondre de façon catégorique aux questions que nous nous posons.

En revanche, nous avons eu l'ambition de n'en omettre aucune, d'y revenir de plusieurs points de vue, sous plusieurs formes afin de serrer au plus près les énigmes qui circonscrivent cet immense domaine de recherche qu'est aujourd'hui, à travers le monde, l'étude du Nouveau Testament et des origines du christianisme.

En d'autres mots, pouvons-nous, et comment, mesurer ce qui sépare le Jésus de l'Histoire de la figure de Jésus-Christ dans la tradition chrétienne ?

Son corps crucifié fut-il celui d'un Dieu ?

Celui d'un homme ?

Ou le corps d'un texte ?

Évangile selon Jean (XIX, 17 à 22)

Ils prirent donc Jésus
Et portant lui-même sa croix
Jésus sortit vers le lieu dit « du crâne »
Qui en hébreu se dit Golgotha
Où ils le crucifièrent
Et avec lui deux autres
Un de-ci, un de-là
Et au milieu Jésus.
Pilate écrivit aussi un écriteau
Et le fixa sur la croix
Il y était écrit
« Jésus le Nazoréen, le roi des Juifs »
Cet écriteau beaucoup de Juifs le lurent
Parce que le lieu où Jésus fut crucifié
Était proche de la ville
Et c'était écrit en hébreu, en latin et en grec.
Les Grands Prêtres des Juifs dirent à Pilate :
« N'écris pas : le roi des Juifs, mais qu'il a dit :
"Je suis le roi des Juifs." »
Pilate répondit :
« Ce que j'ai écrit, je l'ai écrit. »

Roi des Juifs

Les Évangiles nous disent qu'au terme d'un procès qui semble expéditif, Pilate envoie Jésus à la mort. Pourtant, jamais ils ne nous disent que Pilate prononce une sentence. Le texte demeure muet sur l'exposé des motifs du jugement qui a valu à Jésus la peine capitale.

D'après les quatre évangélistes, seule la charge d'accusation est publiée. C'est Jean qui nous donne le plus de précisions : « Pilate écrivit aussi un écriteau et il le fit placer sur la croix, il y était écrit : Jésus le Nazoréen, roi des Juifs. »

Pour décrire cet écriteau, l'évangéliste a recours, en grec, au mot *titlos* qui est la forme grécisée du latin *titulus*...

Titulus

« Dans le Nouveau Testament, il y a des mots qui réclament d'être traduits avec précaution, commente Malcom Lowe. *Titlos* est employé communément pour signifier le motif ou le prétexte. Mais avant tout *titlos* désigne “ce qui est écrit au-dessus”, le titre pourrait-on dire, comme le titre d’un livre… »

Quelle sorte de titre est donc placé sur la croix ?

Quelle histoire veut-on nous raconter sous ce titre ?

À quel titre Jésus a-t-il été exécuté ?

« Jésus le Nazoréen le roi des Juifs » constitue-t-il un titre chrétien donné à Jésus, ou est-ce un souvenir de nature historique ?

Certains exemples dans l’Antiquité montrent en effet qu’il arrivait qu’on désigne ainsi à l’opprobre de la foule celui qui avait été jugé ou celui qui allait être exécuté.

Dans la *Vie de Claude*, Suétone mentionne le cas d’un esclave qui fut pris sur le fait en train de voler. L’empereur Caligula lui fit couper les mains, le pendit et fit apposer sur le gibet une pancarte, un *titulus*, sur lequel il était écrit : « Il a volé ». Eusèbe, de son côté, dans son *Histoire ecclésiastique*, cite l’exemple d’un condamné à qui on fit faire le tour de l’amphithéâtre précédé d’une tablette sur laquelle était écrit en latin : « Celui-ci est Attale le chrétien. » Si ces attestations sont postérieures à la vie de Jésus, on peut tout de même penser que cet affichage de la condamnation à des fins dissuasives n’a rien d’impossible dans son cas.

Cela dit, l’incertitude demeure puisque aucun historien grec ou romain ne mentionne la présence d’un tel panneau lors des crucifixions qu’ils signalent. Ce qui nous contraint toujours à raisonner par analogie…

Quatre versions

Ajoutons que les témoignages des évangélistes eux-mêmes sont également incertains.

Pourtant, comme le dit Joseph Fitzmyer, « le *titulus* est la seule chose écrite sur Jésus de son vivant, dont ont hérité les chrétiens »... Il ajoute : « L'ironie est que cette inscription nous est parvenue sous quatre formes différentes... »

En effet, Marc indique simplement « Roi des Juifs », Matthieu ajoute « Jésus, roi des Juifs », Luc dit : « Celui-ci est le roi des Juifs » et enfin, Jean : « Jésus le Nazoréen, roi des Juifs » – tout en précisant que cette inscription est faite en trois langues : l'hébreu, le grec et le latin...

Si les évangélistes se rejoignent sur la mention « Roi des Juifs », Jean utilise seul le mot *titulus* pour désigner la pancarte, Marc et Luc parlent, eux, « d'inscription »... Quant à la position de ce titre ou de cette inscription sur la croix, aucun ne s'accorde...

D'après Jean, le *titulus* est sur la croix elle-même.

Matthieu semble apporter une précision en indiquant que le motif d'accusation est placé « au-dessus de la tête du crucifié ».

Chez Luc, l'inscription n'est pas placée sur la croix mais sur le condamné, et, en ce cas, probablement autour du cou.

Chez Marc, la formule laisse le doute entier. « Il y avait l'inscription de son motif de condamnation », note simplement l'évangéliste sans que l'on puisse en déduire l'emplacement de la pancarte ni même privilégier la version proposée par l'un des autres évangélistes.

L'iconographie chrétienne, pour des raisons apologétiques, a choisi de placer systématiquement le *titulus* au-dessus du visage du condamné, faisant du titre de la croix un titre de gloire, mais si cette image témoigne de la foi de ceux qui l'ont peinte, elle ne témoigne en rien de l'Histoire.

En réalité, rien ne nous permet de savoir la taille, la forme, le support de cet écriteau : morceau de planche ou feuille de papyrus ? Ni les historiens ni les Évangiles ne le savent. On le suppose…

Santa Croce in Gerusalem

La relique conservée aujourd'hui à Rome dans l'église Santa Croce in Gerusalem peut-elle nous donner de plus solides indications ?

La légende veut qu'elle ait été découverte par sainte Hélène, la mère de l'empereur Constantin (celui qui fera du christianisme la religion officielle de l'Empire romain). Sainte Hélène, après avoir découvert l'emplacement du Golgotha, aurait trouvé le *titulus* non loin du bois de la croix…

À la fin du IVe siècle, pour qu'elle échappe aux invasions, l'empereur Valentinien aurait dissimulé la précieuse relique à l'abri d'une niche creusée dans une muraille. Ce n'est qu'en 1492 que le reliquaire de plomb qui contenait le *titulus* fut mis à jour et soigneusement conservé depuis…

La relique se présente sous la forme d'une planchette de bois d'environ vingt et un centimètres de largeur sur une dizaine de hauteur. Une tradition prétend même que dans les temps plus anciens la plaque de bois était plus grande, le texte gravé en rouge et blanc, sans que nous en ayons aucune preuve.

Cet écriteau porte des restes de trois lignes dans un état très défectueux : la première ligne conserve des restes d'une écriture sémitique en lettres cursives, on ne peut pas savoir si c'est de l'hébreu ou de l'araméen. L'écriture paraît plutôt araméenne, mais il manque le sommet des lettres. Les deux lignes suivantes sont écrites en grec et en latin, conformément à la présentation qu'en donne l'Évangile de Jean.

Certaines lettres sont, sur le plan graphique, aberrantes, mais surtout le grec et le latin sont écrits à l'envers, comme l'hébreu, de droite à gauche…

Émile Puech juge que tout cela fait beaucoup d'étrangetés pour accepter au niveau paléographique, au niveau épigraphique, au niveau linguistique et au niveau historique que le *titulus* conservé à Rome soit authentique. Il ajoute : « Ce qui me surprend le plus, c'est que, entre la permission de Pilate de crucifier Jésus et l'arrivée au Golgotha, si Jésus n'a pas porté le *titulus* sur lui pendant le chemin de croix, on ait eu le temps de préparer une planche, de rédiger ce qu'on allait mettre, le temps de le graver et de le peindre en rouge dans trois langues… J'avoue que le scribe devait être un ouvrier rapide… Est-ce que ça expliquerait pourquoi il a fait tant de fautes ?

En résumé, conclue-t-il, je ne peux pas dire que cette relique soit antérieure à l'époque byzantine tardive, V^e^-VIIe siècle ; ou plutôt, au Moyen Âge, à l'époque où fut fabriqué le suaire de Turin. Vers le XIIIe ou XIVe siècle... »

N'est-ce pas là rejoindre l'ironie de ce qu'écrivait Calvin dans son *Traité des reliques*, publié à Genève en 1599 ?

« Après la croix, s'ensuit le titre que fit mettre Pilate où il avait écrit : "Jésus Nazarien, roi des Juifs". Mais il faudrait savoir et le lieu et le temps, et comment c'est qu'on l'a trouvé. Quelqu'un me dira que Socrate, historien de l'Église, en fait mémoire. Je le confesse. Mais il ne dit point ce qu'il est devenu. Ainsi, ce témoignage n'est pas de grande valeur. Davantage, ce fut une écriture faite à la hâte, et sur-le-champ, après que Jésus-Christ fut crucifié. Pourtant de montrer un tableau curieusement fait, comme pour tenir en montre, il n'y a nul propos. Ainsi, quand il n'y en aurait qu'un seul, on le pourrait tenir pour une fausseté, une fiction. Mais quand la ville de Toulouse se vante de l'avoir, et ceux de Rome y contredisent, le montrant en l'église de Sainte-Croix, ils démentent l'un, l'autre. Qu'ils se combattent donc tant qu'ils voudront : en la fin toutes les deux parties seront convaincues de mensonge, quand on voudra examiner ce qui en est. »

Hebraïsti, romanisti, hellenisti

Seul l'Évangile selon Jean précise que le *titulus* était rédigé en trois langues, « en hébreu, en grec et en latin » dit le texte. Que pouvons-nous en déduire sur l'usage des langues au Ier siècle ? Existait-il un plurilinguisme dans la ville de Jérusalem ?

Pierre Grelot, comme la plupart des spécialistes, répond par l'affirmative à cette question, s'appuyant notamment sur les découvertes archéologiques et l'étude des inscriptions funéraires dans les ossuaires de Palestine.

« C'était donc écrit en latin parce que c'est la langue administrative de l'Empire romain. C'est écrit en grec parce que c'est la langue du commerce, la langue internationale à l'époque comme l'anglais aujourd'hui. Pilate s'exprimait en latin mais aussi sans doute en grec qui était la langue commune de tous les peuples de l'Empire. » Mais y avait-il des gens, parmi les Juifs de Jérusalem, qui comprenaient le grec ?

Pour Pierre Grelot, cela ne fait aucun doute : « Nous le voyons très bien quand on lit les *Actes des apôtres* où apparaissent des Juifs hellénistes qui parlaient en grec même quand ils venaient à Jérusalem. Ce qui nous ouvre une certaine fenêtre sur la pratique des langues en Palestine. N'oublions pas que dans les synagogues traditionnelles, on lit la Bible en hébreu, mais dans les synagogues dont les participants sont des hellénistes, on lit la Bible en grec, la Septante.

Par conséquent, à Jérusalem, il y a des hommes de la dispersion qui parlent grec et il y a certainement des Juifs traditionnels qui demeurent en Judée mais qui parlent grec, eux aussi. Il y a sans doute des Juifs bilingues car, quand nous lisons l'Évangile de Jean, nous voyons apparaître un membre du Sanhédrin qui, comme nombre d'autres personnages des Évangiles, porte un nom grec, purement et simplement : Nicodème… »

En revanche, Pierre Grelot hésite un peu en ce qui concerne l'hébreu. L'adverbe grec qu'utilise l'Évangile selon Jean, *hébraïsti*, recouvre en réalité deux langues : la langue hébraïque traditionnelle, celle de la Torah, et aussi, sans différence, la langue populaire araméenne, parlée notamment dans les campagnes.

« Il est certain qu'en Galilée, par exemple, la grande masse de la population parlait araméen, et ne parlait pas l'hébreu. »

Le témoignage des Évangiles paraît aussi aller dans ce sens.

Toutes les paroles de Jésus qui ne sont pas traduites et qui apparaissent comme des citations sont rapportées en araméen ou avec des mots provenant de l'araméen (*Talitha koum*, *Eloï eloï lama sabakhtani*, *Abba*, etc.).

Et l'on peut se demander si, au temps de Jésus, l'hébreu se pratiquait encore ?

« En dépit de ce qu'on affirme généralement, l'hébreu n'a jamais complètement disparu, dit Joseph Fitzmyer. Il n'a jamais été supplanté totalement par l'araméen. La langue hébraïque est restée en usage chez certains groupes et peut-être même chez des gens de différents niveaux sociaux. »

Mais n'était-ce pas qu'une langue liturgique réservée aux milieux lettrés des prêtres et des scribes. Était-ce autre chose qu'une langue d'école comme le latin dans l'Europe médiévale ?

À cela on peut répondre en faisant état des nombreuses conversations familières retranscrites par la *Mishna* et citées en hébreu. C'est aussi ce qu'attestent plusieurs des manuscrits de la mer Morte, notamment le rouleau de cuivre trouvé dans la grotte numéro 3 de Qumrân.

Ce rouleau, qui est conservé au musée du Livre de Jérusalem, est rédigé en hébreu mishnique. Contrairement aux autres manuscrits, il ne contient pas de texte biblique ou d'écrit sectaire, mais une série d'indications d'ordre purement pratique concernant les caches d'un trésor. Ce qui prouve que l'hébreu pouvait être d'un autre usage que religieux.

Par ailleurs, les fouilles effectuées en 1952 à Wadi Marrabaat, au sud-est de Jérusalem, ont permis aussi de mettre à jour tout un lot de documents contemporains de la seconde guerre juive contre Rome (131 à 135). Parmi eux, bon nombre d'actes juridiques, dont la plupart étaient en araméen, et cinq en hébreu. Mais aussi une dizaine de lettres, parmi lesquelles deux missives du chef de la révolte Simon Bar Koshba, écrites en hébreu.

Pour Moshe Bar-Ascher, c'est une des preuves flagrantes que l'hébreu était bien une langue vivante pendant tout le Ier siècle de notre ère et même selon lui pendant tout le IIe siècle, mais en fonction de zones géographiques. « Selon moi, dit-il, on ne parlait plus hébreu en Galilée depuis le Ier siècle avant J.-C. En Galilée, on parlait l'araméen. Au milieu il y avait les Samaritains. En Judée, depuis Tel Aviv d'aujourd'hui jusqu'au sud, on parlait encore l'hébreu. Les lettres de Bar Koshba n'évoquent pas la Bible, elles parlent de boire, de manger, de se vêtir… Tout le corpus des *tanaïms* est aussi écrit en hébreu. C'est un hébreu qui ne peut pas être un hébreu d'imitation parce qu'il est très différent de l'hébreu biblique et très différent de l'araméen. Aujourd'hui il n'y a plus de doute : au Ier siècle, on parlait toujours l'hébreu. »

Un air universel

L'indication des trois langues sur le *titulus* dans l'Évangile selon Jean n'est donc pas impossible sur un plan linguistique et historique. Est-elle pour autant vraisemblable ?

Et si elle est vraisemblable, peut-on, *ipso facto*, la considérer comme authentique ?

« Dans le Nouveau Testament, beaucoup de choses vont par trois, souligne Marie-Émile Boismard, qui ajoute : mais ce n'est pas parce que Jean a dit que c'est écrit en trois langues que automatiquement c'était écrit en trois langues. Les synoptiques d'ailleurs n'en disent rien. Chez Jean, il ne faut pas prendre cette précision forcément comme un signe historique. »

Sean Freyne renchérit : « Bien sûr, historiquement, on peut dire que ces trois cultures représentées par ces langues avaient effectivement cours en Palestine au Ier siècle. À ce niveau, la narration est parfaitement réaliste.

Mais, à un autre niveau, on devine qu'il y a là un point de vue symbolique, théologique… Jean cherche à lui donner une signification universelle. Il y a toujours ce genre de double sens dans la pensée de Jean. »

La présence de ces trois langues peut être interprétée de diverses manières : certains y ont vu la langue de la religion (l'hébreu), la langue de l'État (le latin), la langue de la culture (le grec), d'autres la langue cultuelle, la langue administrative, la langue du commerce ; d'autres encore y lisent comme une hiérarchie ou des indications de zones géographiques…

Frans Neirynk ne s'oppose pas à ces interprétations : « Il se peut que Jean renforce la lisibilité de l'inscription pour lui donner un air universel. »

Ce que confirme Alain Culpepper : « Cette volonté d'universalisme reflète probablement les populations que la communauté johannique cherche à atteindre. Pas seulement les Juifs, mais aussi, à partir des communautés juives de la diaspora, les Grecs, les Latins, le monde entier à qui l'on veut révéler que Jésus est le véritable roi d'Israël. »

La mention des trois langues sur le *titulus* relèverait donc bien plus de l'écriture que de l'Histoire…

Beaucoup de Juifs

L'évangéliste Jean est seul aussi à souligner un autre détail que celui des trois langues.

« Beaucoup de Juifs lurent cette inscription », juge-t-il bon de préciser.

Pourquoi insiste-t-il sur ce point ?

Est-ce pour renforcer l'exemplarité de la punition infligée à Jésus ? Est-ce pour introduire le caractère hautement public de son châtiment ?

Comme à l'accoutumée, Jean n'a-t-il pas un autre projet qu'un projet documentaire ? N'a-t-il pas quelques arrière-pensées ?

Ce n'est pas seulement « parce que le lieu où Jésus fut crucifié était proche de la ville » que beaucoup de Juifs lurent l'inscription, c'est aussi parce qu'elle était « en hébreu, en grec et en latin ».

Autrement dit, d'une ligne à l'autre ce ne sont plus les Juifs de Jérusalem qui sont en cause, qui sont les témoins potentiels de l'événement et d'ailleurs les témoins impuissants, ce sont, par extrapolation, les Juifs, beaucoup de Juifs…

L'universalisme sous-entendu par la présence des trois langues sur le *titulus* ne dissimulerait-il pas, en fait, une sorte de ségrégation ?

Ségrégation entre les Juifs d'abord : entre la minorité qui, en Judée puis dans la diaspora, reconnaît Jésus comme le Messie, et la majorité qui l'ignore.

Ségrégation entre « les Juifs » (beaucoup d'entre eux) et le reste du monde, ces non-Juifs, ces païens que Jésus, de son vivant, devait mépriser et qui deviennent, à l'inverse, les destinataires privilégiés de l'Évangile, ceux qu'il veut gagner à sa cause.

Les Juifs vont être ainsi relégués dans la culpabilité éternelle pour n'avoir pas su reconnaître leur roi, alors même que les absents de la scène, les non-Juifs, les païens seraient les bons lecteurs du *titulus.* Les seuls à pouvoir déchiffrer la pancarte fichée sur la croix, à être capables de lire, grâce à l'Évangile, la proclamation universelle de la royauté de Jésus inscrite en filigrane à travers l'accusation d'un gouverneur romain…

Un souvenir dangereux

Étienne Trocmé résume bien l'ambiguïté devant laquelle nous sommes : « Le *titulus* n'est pas forcément un document qu'on puisse accepter tel quel. Quel était le libellé exact ? Est-ce que les termes étaient bien ceux-là ? Je n'oserais pas trop m'avancer… »

Faut-il conclure que la présentation théologique de Jean efface du *titulus* toute historicité ?

Rien n'est moins sûr.

Selon Martin Hengel, « les chrétiens n'auraient pas inventé ce "Roi des Juifs" s'il n'y avait eu ce panneau sur la croix… L'indication la plus courte, celle de Marc, doit être historique ».

À l'instar de la crucifixion, l'inscription du *titulus* posait un très grave problème aux partisans de Jésus.

D'une part, elle signifiait que Jésus avait été condamné et exécuté en tant que criminel politique…

Et d'autre part, pour ceux qui étaient désormais séparés de la synagogue, qui sortaient définitivement du judaïsme, il était pour le moins paradoxal de reconnaître comme Seigneur le « Roi des Juifs »...

Mais le fait même que ce titre ait survécu, malgré l'embarras qu'il ne pouvait manquer de provoquer, renforce la probabilité historique de l'inscription. Étienne Trocmé a raison de souligner que « si ce titre avait été introduit *a posteriori* on aurait écrit "Christ" ou "Seigneur", c'est-à-dire un des titres courants de Jésus dans la doctrine chrétienne ».

La crucifixion et la mention sur le *titulus* seraient donc deux fondations historiques incontournables sur lesquels les Évangiles furent bâtis plusieurs générations après, lorsque les chrétiens, selon l'expression de W. A. Meeks, gardaient vivaces « les souvenirs dangereux ».

Il faut noter cependant que le titre de « Roi des Juifs », s'il a été conservé, a été très peu utilisé ultérieurement par les chrétiens, sauf sous la forme de « Christ-roi ». Encore faudrait-il préciser que *christ* traduit le mot hébreu « messie », c'est-à-dire « roi »... et qu'en hébreu, selon Moshe Bar-Asher, « c'est le titre le plus élevé; plus élevé que *cohen* (prêtre), plus élevé que *nabi* (prophète)... »

Jésus le Galiléen

Les Romains avaient aboli la royauté. Gerd Theissen rappelle que, pendant tout le Ier siècle, il y avait, dans le peuple, « la nostalgie d'un roi » et que « la nation était devenue comme folle parce que des rois étrangers régnaient sur elle ».

En effet, Hérode et sa descendance, d'origine iduméenne, étaient considérés seulement comme « demi-Juifs », voire comme païens au regard de leurs mœurs.

Hérode le Grand fut « Roi des Juifs » de - 37 à - 4 et c'est l'un de ses fils, Hérode Antipas, tétrarque de Galilée, qui apparaît dans les Évangiles, notamment dans l'Évangile selon Luc, mais ni lui ni ses frères n'ont le titre de roi.

Dans son livre *Jésus de Nazareth*, Joseph Klausner écrivait : « Au lendemain de la mort d'Hérode le Grand, commença la grande révolution qui devait se terminer par la destruction du second Temple : ces troubles et ces désordres étaient déjà le "commencement de la fin".

Toute la Judée était en effet dans l'anarchie : il n'y avait pas de pouvoir reconnu et accepté par le peuple. La haine qui couvait contre le gouvernement romano-édomite éclata comme un volcan et, d'un bout à l'autre du pays, ce ne furent qu'émeutes et désordres, trouble et confusion.

Simon de Transjordanie, un des fonctionnaires d'Hérode, homme d'une haute stature, d'une grande beauté et d'un grand courage, se proclama roi, pilla le palais royal de Jéricho, incendia un grand nombre d'autres palais dans la contrée, jusqu'à ce qu'il fût fait prisonnier par Gratus, qui lui fit trancher la tête.

Par ailleurs, à Beth Ramta, sur le Jourdain, le palais royal fut incendié par une bande de rebelles.

Un pâtre même, Athronges, qui n'avait pour toute supériorité que sa haute taille, sa force physique, et... quatre frères aussi grands et aussi solides que lui-même, s'était mis dans l'esprit de s'asseoir sur le trône d'Hérode ; le pays était dans un tel désarroi que ce berger trouva une foule de partisans. Lui et ses fidèles tombèrent sur les Romains, auxquels ils portaient une haine mortelle à cause des abominations commises en Judée, et sur les soldats d'Hérode qui faisaient cause commune avec les Romains. »

Trois ou quatre ans avant la naissance de Jésus, la révolte s'étendait à toutes les provinces, écrit Flavius Josèphe : « Il n'y avait pas alors de roi en Israël et chacun agissait comme bon lui semblait. »

« À cette époque, précise Flavius Josèphe, la Judée était infestée de bandes de pillards ; et partout où s'assemblait une foule de mécontents, un roi était élu, pour le plus grand malheur du peuple, car ces rois n'étaient pour les Romains qu'un bien mince embarras, mais, en revanche ils étaient, pour leurs compatriotes, le fléau qui s'avance dans les ténèbres. »

Mais ceux qui sont des « bandits et des pillards » pour les uns sont, pour les autres, de véritables « résistants ». Ainsi, la Galilée avec ses montagnes, ses grottes nombreuses devint, dit Joseph Klausner, « un centre pour tous ceux qui étaient passionnément attachés à leur peuple, pour les révolutionnaires nationalistes et idéalistes.

Près de Séphoris, à une heure de marche seulement de Nazareth, où naquit Jésus, Judas le Galiléen, ayant rassemblé une grande armée de nationalistes désespérés, attaqua l'arsenal royal, s'empara des armes qu'il distribua à ses partisans, et fit main basse sur tout l'argent qu'il trouva. À dater de ce moment, Judas guerroya contre tous ceux, Juifs ou Gentils, qu'il considérait comme les adversaires de son idéal de liberté et, comme il arrive d'ordinaire dans ces sortes de luttes, il ne sut pas, lui non plus, distinguer les ennemis et les traîtres véritables d'avec les Juifs qui désiraient tout simplement la paix, et il terrorisa toute la Galilée ».

Il est évident que la situation était potentiellement insurrectionnelle en Palestine et surtout que s'exacerbait l'attente messianique d'un sauveur venant libérer le peuple des Romains et des hérodiens. Il ne faut donc jamais perdre de vue ces données géopolitiques pour approcher la question de la « royauté » présumée de Jésus.

Ce sont des données que les évangélistes voulaient minorer, sans pouvoir pour autant les supprimer.

Jésus le Nazoréen

L'inscription dans l'Évangile selon Jean reprend donc l'expression « Roi des Juifs », mais se présente sous une forme beaucoup plus développée que dans les autres Évangiles. Elle ajoute notamment le qualificatif « Nazoréen » accolé au nom de Jésus…

Jésus « le Nazoréen » signifie-t-il « Jésus de Nazareth » ?

« Attention ! avertit Charles Perrot, en grec on emploie le mot *nazorenos* pour parler de Jésus de Nazareth, or ici il y a le mot *nazoraïos*, ce qui est un peu différent. Mais peut-être est-ce simplement une autre façon de nommer Nazareth… »

Pourtant une première remarque assez troublante s'impose : aucun texte ancien, romain, grec ou juif, ne fait mention de Nazareth.

Si la bourgade galiléenne n'a pas joué de rôle important dans les révoltes juives et si elle n'a pas attiré de colons grecs ou romains, l'obscurité qui l'entoure n'a pas de quoi nous surprendre. Il en va autrement des textes juifs.

Or, nous ne rencontrons le nom de Nazareth ni dans la Bible hébraïque, ni dans la littérature talmudique, ni dans les livres de Josèphe, qui énumère pourtant nombre de villes et de villages de Galilée dans ses *Antiquités juives* ou dans *La Guerre des Juifs*.

Cette absence a été constatée tout à la fois par Renan, qui dissertait pourtant longuement sur la géographie de la ville, tout comme, à l'opposé, par Charles Guignebert : « Sur le silence de la Bible, on peut observer qu'au temps de la rédaction de ses livres les plus récents, la Galilée tenait très peu de place dans le monde juif et que, seule, une circonstance de hasard aurait pu amener le nom de Nazareth sous la plume d'un des écrivains sacrés. On a encore remarqué que les rabbins ne se sont guère intéressés qu'aux villes qui possédaient une école rabbinique.

Nazareth n'étant certainement pas dans ce cas, il

n'est pas surprenant qu'ils la méprisent, ou, du moins, qu'ils n'aient pas trouvé occasion de la nommer. C'est possible. Quant à Josèphe, il n'a pas prétendu mentionner toutes les villes et bourgades de Galilée ; il a surtout prêté attention à celles qui ont joué un rôle au début de la grande révolte, pendant que lui-même guerroyait dans le pays (première moitié de l'année 67). Au total, l'insignifiance de Nazareth serait la cause unique de son obscurité. »

Étienne Trocmé le souligne avec humour : « Tous les Trifoullis-les-Oies ne sont pas mentionnés dans les textes littéraires d'une époque et Nazareth n'était rien d'autre… à l'époque. Alors : pourquoi pas ? »

Sur un plan strictement géographique, Joseph Klausner signale que « la ville de Nazareth actuelle ne se trouve pas exactement sur l'emplacement de la ville ancienne, qui fut détruite à une époque fort reculée et reconstruite au XIIe siècle, en contrebas de la vieille ville ».

Nazareth

Dans cette Nazareth moderne, palestinienne, la basilique de l'Annonciation recouvre la grotte où l'ange Gabriel serait apparu à Marie, tout près de ce qu'on pense avoir été la « maison de Joseph », un des autres lieux de pèlerinage du catholicisme. Mais les Grecs orthodoxes en contestent l'authenticité.

Depuis le XVIIe siècle, une tradition situe « l'atelier de Joseph » dans l'église de la Sainte-Famille reconstruite sur le plan d'une église médiévale. Toutefois, l'emplacement de cette menuiserie est également revendiqué tant par le couvent des Dames de Nazareth que par l'église Saint-Gabriel…

Le problème est plus important, selon Étienne Nodet de l'École biblique et archéologique de Jérusalem : « On a fait des fouilles à Nazareth, sous la basilique actuelle, dans une ou deux maisons voisines, et dans les sous-sols… On retrouve assez bien des restes du IIe siècle et ultérieurs. Du Ier ? Ce n'est pas très clair, pour ne pas dire davantage… »

Nazareth cache d'autres surprises.

À la fin de l'Évangile de l'enfance de Matthieu, lorsque, après la mort d'Hérode, Joseph ramène sa famille d'Égypte, il est dit que, craignant de se rendre en Judée à cause des persécutions d'Archélaüs qui avait succédé à Hérode, il se retira dans la région de Galilée, dans une ville appelée Nazareth. Et ce pour accomplir l'oracle des prophètes à propos de Jésus : « Il sera appelé Nazoréen. »

Le problème est que cet oracle des prophètes est inconnu de la Bible hébraïque…

« On ne l'a trouvé nulle part ! » constate Étienne Nodet, le qualifiant de « magnifique faux verset »…

Ce verset aurait-il été inventé pour donner une respectabilité à ce lieu dénigré même dans l'Évangile de Jean où l'on peut lire : « Que peut-il sortir de bon de Nazareth ? »…

Mais d'après Joseph Klausner, c'est une habitude commune à tous les petits pays de railler chaque ville et d'attribuer à ses habitants quelque travers caractéristique : « Nous savons par le Talmud que les Galiléens étaient généralement considérés par les Judéens comme des gens stupides et ignorant la Torah, ayant un langage bizarre et des habitudes singulières. Il se peut que Jean ait raisonné du général au particulier et n'ait pas contrôlé ses affirmations. »

Nazareth ne serait-elle donc qu'une ville fantôme ?

Rien ne permet de le certifier ni de le démentir. Son absence dans les textes, le manque de vestiges archéologiques indiquent peut-être simplement que la localisation actuelle, basée sur les pèlerinages qui eurent lieu bien après la mort de Jésus, est fautive au regard de la géographie.

« Une chose est certaine, dit Étienne Nodet, c'est que "Jésus le Nazoréen", au sens "d'habitant de Nazareth", ça n'a aucun sens sur le *titulus*... On devrait avoir "Jésus, fils de son père", "Jésus, fils de Joseph", un état civil normal... ou bien un qualificatif qui le singularise, "Jésus le borgne" par exemple... »

Pourquoi même ne pas l'avoir surnommé Jésus le Galiléen, si l'on tenait à marquer son origine géographique, comme on dit Judas le Galiléen en parlant du premier chef des zélotes au début du Ier siècle ?

Nazarenos, Nazoraios

Mais d'où vient alors ce surnom de « Nazoréen » que Pierre lui-même, dans les *Actes des apôtres*, utilise à propos de Jésus ?

Remarquons d'abord que l'adjectif nazoréen n'est pas une traduction d'un mot grec mais une transcription.

Cette transcription se présente de plus sous des formes assez différentes selon les Évangiles.

Nazarenos se trouve dans l'Évangile de Marc (1, 24; 10, 47; 14, 67; 16, 6) et chez Luc (4, 34; 24, 19). Matthieu et Jean ne l'utilisent pas. La transcription *Nazoraios* se lit dans Matthieu (2, 23; 26, 69 et 71), Jean (18, 5 et 7; 19, 19), Luc (18, 37) et dans les *Actes des apôtres* (2, 22; 3, 6; 4, 10; 6, 14; 24, 5; 26, 9).

Nazarenos ou *Nazoraios* n'appartenant pas à la langue grecque dans laquelle ils ont simplement été transférés, la question est de savoir si ces deux termes recouvrent une même origine sémitique, et dans ce cas laquelle ?

Trois hypothèses étymologiques ont été envisagées par les philologues :

– *nazir* (sanctifié, consacré), conforme à la tradition qui remonte au livre des Juges selon laquelle le Saint de Dieu, le *nazir*, est prédestiné par le Dieu créateur depuis le ventre maternel;

– *natzar* (garder, observer), ce qui renvoie à une orthodoxie très stricte de l'observance de la loi, et d'une observance peut-être à restaurer;

– *netzer* (le rejeton), mot qui le rattacherait à un passage du chapitre I du livre d'Isaïe où il est dit qu'un « rejeton sortira de la souche de Jessée », un "rejeton" de la descendance de David qui régnera sur le pays avec justice…

Mais quelle que soit l'étymologie de ce mot qui réfère toujours à une forme d'intégrisme, à une mission sacrée, il faut encore se demander s'il y a eu d'autres Nazoréens que Jésus.

Pline l'ancien, au livre V des *Histoires naturelles*, signale l'existence de Nazoréens installés en Syrie, qu'on peut situer vers les années - 50 avant notre ère. Il le tient d'un rapport d'un général romain, Marcus Agrippa, rédigé à l'intention de l'empereur Auguste.

Jésus aurait-il été surnommé le Nazoréen parce qu'il appartenait à cette secte ?

S'inscrit-il dans le mouvement de l'essénisme ?

Peut-on faire, par exemple, une corrélation avec les *notsrim*, « les gardiens de la nouvelle alliance », présents dans l'un des manuscrits de la mer Morte, à Qumrân ?

Les Mandéens (« ceux qui savent »), que l'on rapproche des baptistes, se surnommaient aussi Nazoréens. Ce qui a suggéré que Jésus, qui avait commencé par appartenir au mouvement de Jean le Baptiste, pourrait avoir été appelé ainsi par des adversaires « qui le dénonçaient comme un apostat de la secte baptiste » (Maurice Goguel).

L'hypothèse est séduisante, mais pourquoi ne retrouve-t-on pas la trace de cette appartenance et de cette dénomination dans l'Évangile de Jean et, *a fortiori*, sur le *titulus* ?

Faut-il faire un autre rapprochement et se demander plutôt s'il a existé des Nazoréens après Jésus ?

Les *Actes des apôtres* évoquent ainsi l'accusation

portée contre Paul par l'avocat du Grand Prêtre de Jérusalem : « Cet homme est une peste : il suscite des désordres chez tous les Juifs du monde entier et c'est un meneur du parti des Nazoréens. » Cette dénomination montre bien la façon dont le christianisme primitif a été désigné comme déviant par le judaïsme orthodoxe.

C'est aussi ce que confirment Tertullien et Épiphane qui, dans son traité *Contre les hérésies*, rappelle : « Il y eut des Nazoréens avant le Christ, c'est l'évidence même. Mais je le répète, les chrétiens étaient connus de tout le monde sous le nom de Nazoréens (ou Nazaréens). La preuve en est que dans le Talmud, cette dénomination sert à qualifier les chrétiens. »

Tandis que le terme de *christianoï* aurait été adopté à Antioche pour désigner les chrétiens, le mot « nazoréen » aurait été, lui, employé à Jérusalem et sur les pourtours de la Transjordanie.

« Je remarque donc, avance Sean Freyne, que le même groupe reçoit différentes dénominations à l'origine. Le quatrième Évangile aurait ainsi cherché à faire de Jésus lui-même, par cette allusion du *titulus*, le fondateur de ce nom, celui qui authentifierait cette tradition. »

« Nazoréen » s'appliquant à Jésus serait donc un anachronisme réfléchi dû à la communauté johannique qui l'aurait appliqué à Jésus pour se légitimer comme groupe nazoréen.

Pour Moshe Bar-Ascher, il semble clair que c'est tardivement en effet qu'un lien a été fait entre Jésus le Nazoréen et Jésus de Nazareth, et cela pour l'attacher à la Galilée : « Il y a une pensée profonde dans la volonté de lier un homme qui cherche la délivrance pour son peuple et la Galilée. Les gens de Galilée symbolisent la recherche de la liberté. En revanche, du point de vue linguistique, je ne vois pas le rapport entre *nazoraïos* et Nazareth. »

Jésus « de Nazareth » et Jésus « le Nazoréen » seraient donc deux dénominations distinctes. Jésus a pu être ou devenir « nazoréen » et « de Nazareth » sans qu'il y ait d'autre lien entre les deux termes qu'une possible homophonie. Mais tout autant, Jésus étant surnommé « le Nazoréen », les évangélistes ont pu tirer « Nazareth » d'une étymologie déformée de ce mot…

Les différentes additions que l'on peut constater sur le libellé du *titulus* (dans l'ordre : Marc, Matthieu, Luc, Jean) marqueraient avant toute chose les progrès de la réflexion théologique. Chez Jean, de façon plus forte que dans les autres Évangiles, serait ainsi affirmée la « qualité exceptionnelle de celui qui a été crucifié ».

« "Jésus le Nazoréen", explique Pierre Geoltrain, ça ne veut évidemment pas dire "Jésus-qui-est-né-dans-un-village-de-Nazareth-en-Galilée", mais que Jésus est un *nazir*, ce qu'on traduit en grec par *agios*, le saint, le Saint de Dieu. Donc c'est un personnage saint qui est crucifié et il est crucifié pour la raison qu'il serait le roi des Juifs, ce qui est évidemment, en un sens, dérisoire, complètement dérisoire… Comme on s'en souvient, Pilate déclarait aux Juifs : "Voici votre roi, dois-je crucifier votre roi ?"

C'est une façon de dire aux Juifs : "Vous aviez un roi, voilà ce que j'en fais" ».

Le roi d'Israël

L'Évangile de Jean fait preuve en ce sens d'une ironie très noire.

« Cet écriteau, pour les gens qui ont admiré Jésus, est le signe même que l'affaire est terminée, dit Jean-Pierre Lémonon. L'homme n'était pas celui que l'on pensait... Si certains se sont imaginé que Jésus pouvait avoir quelques prétentions à être fils de David – voire roi d'Israël, au sens fort du terme –, il est clair qu'ils se sont trompés puisqu'il est mis à mort. Et, qui plus est, mis à mort par le pouvoir romain. »

« Roi d'Israël » : l'expression est même employée dans l'Évangile de Pierre, cet évangile apocryphe sensiblement contemporain des récits canoniques. Il la fait figurer sur son *titulus*, à la différence de tous les autres Évangiles.

« Ils amenèrent deux malfaiteurs, entre lesquels ils crucifièrent le Seigneur. Et lui se taisait, comme s'il n'éprouvait aucune souffrance. Lorsqu'ils avaient dressé la croix, ils y avaient inscrit : "Celui-ci est le roi d'Israël." »

« Roi d'Israël » souligne « plutôt une royauté messianique », selon Éric Junod, « roi des Juifs, étant plutôt une royauté politique »... Par exemple, c'est un titre qui a été attribué à Alexandre Janée ou à Hérode le Grand sans aucun arrière-plan religieux.

« Roi des Juifs » et « roi d'Israël » ne seraient donc pas deux termes absolument identiques, interchangeables.

Comme l'explique Gerd Theissen, « Israël » est plutôt associé à la religion. On pense aux patriarches Abraham, Isaac et Jacob ; et n'oublions pas qu'Israël et Jacob sont des synonymes. Le concept de « Juifs », par contre, fait penser aux habitants de la province romaine de Judée, l'un des nombreux peuples qui furent soumis ou intégrés à l'Empire romain.

C'est pourquoi ces termes sont employés, de manière caractéristique, par des personnes différentes.

« "Roi des Juifs", dans les Évangiles, sort toujours de la bouche de non-Juifs. D'une part, de celle des Romains qui sont responsables de l'inscription sur la croix ; d'autre part, au début de l'Évangile de Matthieu, lorsque les mages viennent d'Orient et se renseignent au sujet du nouveau-né, ils demandent le "roi des Juifs". Il y a donc essentiellement une différence de point de vue entre les deux expressions : "Roi des Juifs" est une désignation venue de l'extérieur, "Roi d'Israël", une désignation de l'intérieur. »

Dans l'Évangile selon Marc, les Grands Prêtres et les scribes qui se moquent du crucifié l'appellent ironiquement : « Jésus, roi d'Israël ». Il en est de même dans l'Évangile selon Matthieu de la part des passants qui regardent Jésus en croix en l'insultant.

Mais la formule « Roi d'Israël » est employée là, comme dans l'Évangile de Pierre, par dérision, alors que c'est en réalité un titre de gloire. C'est à ce nom que la foule accueille Jésus lors de son entrée à Jérusalem : « Hosanna, roi d'Israël »...

Selon la distinction qu'opère Jean-Pierre Lémonon, « le roi d'Israël, c'est un titre solennel, c'est rappeler le grand passé de ce peuple. Le roi des Juifs, c'est dire le motif pourquoi aux yeux du gouverneur romain l'homme est exécuté. Il est exécuté parce que, d'une manière ou d'une autre, il a pu être présenté comme prétendant conduire le peuple juif ».

Mais prétendre à cette royauté était largement suffisant pour être condamné à la crucifixion puisque, de fait, c'était menacer de lever une révolte contre l'occupant romain. Quelle qu'ait été la réalité ou l'importance de la menace, le Nouveau Testament ne cesse de nous montrer que Jésus a entretenu cet espoir.

Emmaüs

Dans les *Actes des apôtres*, au chapitre I, les apôtres posent à Jésus ressuscité la question : « Seigneur, est-ce maintenant le temps où tu vas restaurer la royauté d'Israël ? »

Déjà, dans l'Évangile selon Luc, au chapitre 24, sur la route d'Emmaüs, deux pèlerins exprimaient leur déception après la mort de Jésus : « Nous espérions, nous, que c'était lui qui allait délivrer Israël »...

L'interrogation majeure concerne donc Israël.

D'ailleurs, le lieu même de la rencontre entre les pèlerins et le ressuscité n'est pas fortuit. Emmaüs marque l'endroit exact de la première victoire de

Judas Macchabée avant qu'il ne reconquière Jérusalem. Judas Macchabée qui, aux alentours de 160 avant notre ère, prendra la tête du soulèvement juif contre les Séleucides de Syrie et régnera sur Israël. Le parallèle entre Jésus et Judas Macchabée induit par le texte est d'autant plus patent que les indications géographiques données par l'évangéliste sont très incertaines, voire totalement fantaisistes.

Ce ne sont pas à elles qu'il faut prêter attention, c'est évidemment aux références bibliques d'un lieu chargé d'un passé glorieux. La route d'Emmaüs, c'est la route de la victoire promise, le symbole de la délivrance d'Israël.

Que l'on se place d'un point de vue strictement religieux ou d'un point de vue plus largement politique, l'inscription portée sur le *titulus* selon tous les Évangiles confirme que les Romains ont voulu, en crucifiant le roi des Juifs, supprimer un homme qui portait l'espérance d'Israël.

Cette espérance s'opposait à la domination des Romains sur les Juifs. Peu importe dès lors qu'elle s'y opposât par la parole, par les armes, par l'annonce d'un grand miracle...

En somme, Jésus n'a été victime d'une erreur judiciaire que d'un point de vue chrétien, c'est-à-dire d'un point de vue exprimé de façon postérieure aux faits.

Il faut sans cesse garder présent à l'esprit que, du temps de Jésus, les Romains ne sont pas chrétiens et que les chrétiens (même s'ils ne portent pas encore ce nom) sont des Juifs ! La force de la chrétienté sera de renverser cette image, de christianiser les Romains et d'arracher Jésus et ses disciples au judaïsme.

En revenant au Ier siècle, il faut comprendre que, du point de vue romain, Jésus a été exécuté comme Juif rebelle à l'ordre impérial et que, d'un point de vue juif, il est mort pour la cause d'Israël, comme sont morts tant d'autres opposants à Rome et aux hérodiens…

N'écris pas

Selon le récit de l'Évangile de Jean, qui est seul de son espèce à imaginer une telle scène, les Grands Prêtres s'insurgent contre la rédaction même de la pancarte sur la croix : « Ils dirent à Pilate : n'écris pas "le roi des Juifs", mais "Je suis le roi des Juifs". »

« Nous voyons donc intervenir dans l'épisode les Grands Prêtres des Juifs, raconte Pierre Grelot. Il n'y avait en fait qu'un seul Grand Prêtre en exercice à Jérusalem, mais il y avait autour de lui toute une aristocratie sacerdotale qui constitue son entourage et qui a d'ailleurs la responsabilité principale de la condamnation de Jésus. Mais Pilate est enchanté de pouvoir dire : "Celui que je crucifie est le roi des Juifs". Rome crucifie le roi des Juifs ! C'est une injure pour les dirigeants juifs qui voudraient faire modifier le titre. »

Charles Perrot remarque : « N'oublions pas que ce motif d'antisémitisme a joué aussi contre Jésus et finalement a amené Pilate à larguer au plus vite cet élément encombrant, ce trublion, sans doute cet illuminé, que sais-je, désigné, plus ou moins comme "Roi des Juifs" ».

Mais les visées de l'évangéliste ne sont-elles pas, une fois de plus, autres que de dire l'Histoire ?

L'épisode, lourd de sens, est bien sûr dénué de toute espèce de fondement historique... Pour Hyam Maccoby, « l'intention du rédacteur de l'Évangile à cet endroit est de dire que bien que Pilate ait cette vision, cette intuition qui le fait élever Jésus au titre de "Roi des Juifs", le Grand Prêtre, lui, nie qu'il le soit et proteste qu'il a seulement prétendu être "Roi des Juifs" ».

La réplique des Grands Prêtres est plus troublante qu'il n'y paraît.

Qui pourrait être sûr que les Grands Prêtres ont tort quand ils affirment que Jésus a dit qu'il était le roi des Juifs, alors que jamais, nulle part ailleurs dans le texte, il n'est fait état d'un tel aveu ou d'une telle proclamation de la part de Jésus ?

Est-ce un faux témoignage ou l'écho de ce qu'aurait dit réellement Jésus, et que l'évangéliste rapporte comme en passant ? Dès lors ne serait-ce pas là, *in extremis*, la raison de la condamnation à mort de Jésus, l'objet de l'accusation des Grands Prêtres quand ils l'avaient transmis à Pilate ?

Ainsi pourrait-on enfin comprendre, mais à rebours, pourquoi Pilate avait entamé l'interrogatoire de Jésus en lui posant abruptement la question qui ne s'était jamais posée : « Es-tu le roi des Juifs ? »

Ne serait-ce pas là ce que l'Évangile de Jean n'indique jamais au cours du jugement, la clef manquante du procès...

Mais alors comment s'expliquer le faux débat qui oppose apparemment Pilate à ses interlocuteurs ?

Il faut peut-être poser la question autrement.

« Au cours du procès, rappelle Frans Neirynck, c'étaient les Juifs, les chefs des Juifs qui l'emportaient. Et Pilate cédait à leurs exigences. Tandis que Pilate est présenté par l'Évangile de Jean comme un personnage qui est manœuvré par les chefs des Juifs, c'est maintenant son refus qui dramatiquement est capital, puisque c'est le premier et le seul. »

C'est donc Pilate qui a le dernier mot : « Ce que j'ai écrit, je l'ai écrit. »

Et c'est parce qu'il a le mot de la fin qu'il rend caduque la réclamation des Grands Prêtres. C'est parce qu'il leur oppose une fin de non-recevoir que le lecteur doit comprendre qu'il en sait plus sur Jésus que les Grands Prêtres qui, eux, ne le comprennent pas…

« C'est comme si, note Marie-Émile Boismard, le gouverneur romain reconnaissait que Jésus est roi des Juifs. » « Cela signifie aussi, poursuit Frans Neirynck, que par la bouche de Pilate, l'Empire romain proclame ici la royauté de Jésus d'une certaine façon… »

C'est là le travail délibéré des rédacteurs, selon Hyam Maccoby : « Ils ne voulaient pas que l'on sache que Jésus avait été crucifié parce qu'il s'était proclamé le "Roi des Juifs". Ils ont préféré transformer ce fait en un événement miraculeux : Pilate prophétise, il a une vision : Jésus est "Roi des Juifs" ».

Comme le remarque à juste titre Daniel Schwartz, « l'auteur de l'Évangile selon Jean veut nous faire comprendre que même les ennemis de Jésus disent de lui des choses vraies ».

Le divorce est on ne peut plus total entre les visées de l'évangéliste et ce que nous pouvons savoir de la réalité historique. Comme le rappelle Hyam Maccoby, « les Juifs étaient haïs comme rebelles contre Rome. Et c'est à eux que l'Évangile fait jurer : "Nous n'avons d'autre roi que César !" Ils étaient ceux qui continuaient à se révolter contre Rome, alors que ni les Grecs ni les Égyptiens ne le faisaient plus. Les Juifs étaient l'archétype des rebelles. Ici, ils deviennent soudain les individus les plus soumis du monde. Ils sont montrés dans cette histoire comme les alliés de César, tandis que Pilate en oublie son devoir »...

Grâce à Jésus, le chef des Juifs fait allégeance à Rome tandis que le gouverneur romain accorde à Jésus la couronne de « Roi des Juifs ».

« Mais c'est aussi une réponse tout à fait sinistre, souligne Martin Hengel, puisque Jean écrit bien après la destruction de Jérusalem par les Romains. »

Pilate écrivain

Dans l'Évangile selon Jean, l'extraordinaire scène entre Pilate et les Grands Prêtres autour du *titulus* est une scène de fiction. C'est une scène de théâtre.

Elle nous laisse croire, tout à coup, que la crucifixion a lieu non seulement en présence de la foule des Juifs qui peuvent lire l'inscription, mais aussi de Pilate, le préfet romain en personne, et des Grands

Prêtres. La scène réunirait donc dans le même lieu, au pied de la croix, les responsables de la Passion de Jésus tout en faisant encore une fois de lui l'objet d'un débat entre Juifs et Romains.

Mais le plus étonnant est que cette scène ne repose pas sur le titre lui-même, sur son inscription, mais sur le fait de l'écrire. La protestation des Grands Prêtres est de dire d'abord : « N'écris pas », comme s'ils pressentaient le caractère éternel, universel, de cette proclamation écrite de la royauté de Jésus.

La réponse de Pilate est tout aussi stupéfiante : « Ce que j'ai écrit, je l'ai écrit. »

À l'instar d'un auteur défendant son texte, Pilate débat avec les Grands Prêtres de la légitimité même de son geste.

Le fait le plus singulier est que, selon le texte de l'Évangile, Pilate semble avoir fixé lui-même le panneau sur la croix et, mieux encore, l'avoir calligraphié de sa main. Même si, comme le note Pierre Geoltrain, « c'est vrai qu'on traduit très souvent "Pilate fit écrire" et "fit fixer", ce qui est possible en grec. Mais quand il a dit : "Ce que j'ai écrit, je l'ai écrit", il a fait œuvre d'écrivain ».

Et c'est bien à l'auteur de l'inscription que les Grands Prêtres viennent dire : « N'écris pas... » ou, selon la traduction d'Émile Puech, qui y lit un sémitisme : « Cesse d'écrire »...

Il est clair que, dans ce passage de l'Évangile selon Jean, l'écriture joue un rôle fondamental. Les Grands Prêtres et les Romains se disputent non pas le corps mais le titre de Jésus, ce qui est écrit par sa mort, son testament.

Comme l'analyse Jean-Marie Sevrin, « nous avons le personnage de Pilate au cœur du récit de la Passion, nous avons le personnage du Grand Prêtre juste avant le récit de la Passion qui, sans savoir ce qu'ils disent ou sans savoir ce qu'il écrivent, sont les agents de l'évangéliste ou du narrateur pour décoder l'histoire de Jésus. Et d'une certaine manière, c'est ce qui arrive à tous les personnages du quatrième Évangile lorsqu'ils disent d'une manière ou d'une autre qui est Jésus ».

Il ajoute : « Mais il y a un paradoxe que Pilate écrive, Pilate n'écrit pas un enseignement, Pilate n'écrit pas un récit. Pilate écrit un titre. Et au fond, le paradoxe que Pilate dise le vrai titre, ou un titre vrai, et le dise tellement loin qu'il l'écrit, ou qu'il l'a écrit, et que ce qu'il a écrit est écrit, c'est-à-dire que ça devient une chose permanente, fait de Pilate un personnage inattendu dans le quatrième Évangile. »

Le préfet romain est d'autant plus un personnage inattendu que, d'une certaine manière, le récit de Jean « convertit » Pilate.

Il marque la conversion de celui qui résume à lui seul le monde païen (« Est-ce que je suis juif, moi ? » demandait-il à Jésus pour bien marquer ses distances avec le judaïsme). En même temps, de responsable de l'exécution, il devient le porte-parole de Jésus, avant la lettre le premier auteur chrétien…

Dans les trois Évangiles synoptiques, quand Jésus

meurt, le centurion romain qui garde la croix s'écrie : « Vraiment, nous avons tué le fils de Dieu. »

Cette révélation est une scène absente dans le récit du quatrième Évangile.

On voit maintenant comment la scène du *titulus* chez Jean s'y substitue littéralement. La profession de foi du centurion est désormais celle du préfet romain, l'exclamation devient écriture, texte.

Or, il est un autre personnage du quatrième Évangile qui écrit lui aussi : « le disciple bien-aimé », ce disciple sans nom qui, dans le récit, figure l'auteur de l'Évangile, et dont le texte dira en conclusion : « C'est le disciple qui témoigne de ces choses et qui les a écrites… » Selon Jean, Pilate et « le disciple bien-aimé » sont également présents lors de l'épisode de la crucifixion.

Résumons : les Juifs ignorent Jésus, leurs chefs dénient son rôle. Au pied de la croix, deux personnages sont là, l'un écrit, l'autre le fait déjà sans le dire, le Romain trop célèbre et l'ami anonyme se rejoignent pour reconnaître la royauté paradoxale de Jésus, ce Jésus-Christ absent de la réalité mais qui est l'objet des Évangiles, le but de leur démonstration…

« Tout semble un peu faussé par les rédacteurs des Évangiles, dit Hyam Maccoby. Ils ne voulaient considérer le titre "Roi des Juifs" que sous un angle spirituel. Alors, à l'époque où les Évangiles ont été écrits, "Roi des Juifs" est devenu une sorte de charge religieuse, il ne s'agissait plus d'un monarque qui règne, assis sur le trône de David et Salomon à Jérusalem.

Mais, en fait, l'accusation de "Roi des Juifs" est clairement politique. Jésus a été mis à mort parce qu'il avait attenté au pouvoir romain. C'est à juste titre que la charge retenue contre lui a été celle de "Roi des Juifs" ».

Peut-être plus que dans tout autre passage du Nouveau Testament, la scène du *titulus* chez Jean, qui tient seulement en quatre versets, éclaire l'extraordinaire distance entre l'histoire des faits et leur rédaction quarante ou cinquante ans plus tard. Elle éclaire surtout à quel titre, et sous quel titre, les Évangiles furent écrits…

Glossaire

APOCRYPHE : du grec, « *soustrait au regard* », « *caché* », « *secret* ». Le terme qualifie les écrits religieux non reconnus par les canons de l'Ancien et du Nouveau Testament. Il existe des évangiles apocryphes, des actes apocryphes, des apocalypses apocryphes... qui s'opposent aux textes canoniques.

CANONIQUE : quasiment fixé à la fin du IVe siècle, le canon est la liste officiellement admise des Écritures chrétiennes. Le Nouveau Testament est constitué de vingt-sept livres canoniques.

CORPUS : selon Bernard Dubourg, « agrégat de textes tendant à prendre l'aspect d'un tout cohérent ».

DEUTÉRONOME : de l'hébreu « *seconde loi* », il est le dernier livre du Pentateuque, c'est-à-dire de la loi hébraïque, la Torah. C'est un code religieux.

DOCÈTE : du grec « *sembler* » ; les docètes défendaient l'idée que Jésus n'était qu'un être spirituel ; qu'il n'avait été crucifié qu'en image.

ÉCRITURE : on appelle « Écriture », d'un point de vue chrétien, les textes de la Bible hébraïque ; dans le Nouveau Testament, l'Écriture, « ce qui est écrit », constitue la référence fondamentale.

ÉVANGILE : du mot grec « *bonne nouvelle* », il devient après le IIe siècle la façon de désigner le genre littéraire qui met en scène sous la forme d'un récit l'annonce de cette « bonne nouvelle », c'est-à-dire la vie et la mort de Jésus-Christ.

EXÉGÈSE : du mot grec signifiant « *explication* », il indique la recherche du sens d'un texte. Les exégètes sont ceux qui se consacrent à ce travail. L'usage du mot est quasiment limité à l'étude de l'Ancien et du Nouveau Testament.

EXODE : désigne la migration que plusieurs tribus juives firent d'Égypte en Canaan, au XIIe siècle avant notre ère. Le deuxième livre du Pentateuque porte ce nom.

GNOSE : doctrine philosophico-religieuse, née avant notre ère chrétienne, proposant une « connaissance révélée » (*gnosis*, en grec) supérieure et ésotérique des mystères de Dieu, de l'homme et du monde. Les gnostiques seront un courant de pensée très puissant, y compris dans certains courants du christianisme primitif qui refusent la réalité de l'incarnation de Jésus...

MISHNA : du mot hébreu « *répétition* », il désigne la partie la plus ancienne du Talmud, mise par écrit au IIe siècle de notre ère.

PENTATEUQUE : cinq premiers livres de la Bible (Genèse, Exode, Lévitique, Nombres, Deutéronome) constituant pour les Juifs la Loi par excellence, la Torah.

PÈRES DE L'ÉGLISE : écrivains chrétiens de langue grecque ou latine qui, de la fin du Ier au VIe siècle, ont explicité la doctrine chrétienne. La « patristique » est l'ensemble de leurs œuvres.

RECENSION : forme – fidèle ou non – donnée à un texte ancien par un copiste ou un éditeur postérieur.

SANHÉDRIN : assemblée juive de soixante et onze membres ; il fonctionne jusqu'à la destruction du Temple en 70 comme l'autorité suprême en matière religieuse et politique. Le Sanhédrin siège dans le Temple de Jérusalem.

SEPTANTE : nom donné à la traduction grecque de la Bible hébraïque (IIIe-IIe siècle avant J.-C.) que la légende attribuait à soixante-dix (ou soixante-douze) Juifs d'Alexandrie.

SHABBAT ou **SABBAT** : repos hebdomadaire (du vendredi soir au samedi soir) que la Loi impose aux Juifs pour le consacrer à Dieu.

SYNOPTIQUES : qualificatif des Évangiles de Matthieu, Marc et Luc, qui se prêtent, par leurs nombreuses similitudes, à la mise en parallèle des textes traitant du même thème, et qui permettent leur comparaison « d'un seul regard » (en grec, *sunopsis*). De ce fait, les synoptiques diffèrent du quatrième Évangile, l'Évangile de Jean, dont le récit est composé très différemment.

TALMUD : ensemble de la loi juive orale, mise par écrit par les rabbins. On distingue le Talmud de Jérusalem (IVe siècle de notre ère) et le Talmud de Babylone (Ve siècle de notre ère), plus complet.

TORAH : codification écrite de la Loi juive, attribuée à Moïse et transmise par le Pentateuque, c'est-à-dire les Livres de la Bible suivants : la Genèse, l'Exode, le Lévitique, les Nombres et le Deutéronome.

TRADITION : histoire d'un texte depuis les matériaux primitifs jusqu'à la forme littéraire connue aujourd'hui.

VARIANTE : états différents d'un même texte dont on retrouve à travers les manuscrits, les citations, les traductions, des attestations différentes. Il en existe environ cent mille pour le Nouveau Testament

Chronologie

env. - 1000	Royaume d'Israël fondé par David.
env. - 930	Séparation du Royaume du Sud (Juda) et du Royaume du Nord (Israël).
- 720	Invasion par les Assyriens du royaume d'Israël.
- 590	Prise de Jérusalem et de Juda par les Babyloniens.
- 166	Soulèvement des Macchabées.
- 63	Prise de Jérusalem par Pompée.
- 4	Mort d'Hérode le Grand, roi des Juifs, et division de son royaume.
0	Point théorique du début de l'ère chrétienne.
4	Hérode Antipas devient tétrarque de Galilée (jusqu'en 39).
6	La Judée et la Samarie deviennent provinces romaines sous administration directe. Soulèvement de Judas le Galiléen.
14	Tibère, empereur jusqu'en 37.
18	Caïphe, Grand Prêtre du Temple de Jérusalem jusqu'en 36.
26	Ponce Pilate, préfet de Judée jusqu'en 36.
vers 30	Mort de Jésus ?
37	Caligula, empereur.
41 ou 49	Décret de Claude expulsant les Juifs de Rome.
env. 55	Première Épître aux Corinthiens de Paul.
54	Néron, empereur.
62	Lapidation de Jacques, frère de Jésus.
66 - 70	Révolte juive et destruction du Temple. Prise de Jérusalem par les Romains.
73	Chute de Massada.
132 - 135	Seconde révolte juive sous la conduite de Simon Bar Koshba.
env. 134	Jérusalem devient Ælia Capitolina et est interdite aux Juifs
env. 135	Papyrus Ryland – fragment le plus ancien d'un Évangile jamais découvert.
env.175	Papyrus Bodmer – exemplaire le plus ancien d'une copie presque complète de l'Évangile de Jean.
env. 325	L'empereur Constantin se convertit au christianisme.

Repères historiques

Hérode Ier ou Hérode le Grand : fondateur de la dynastie hérodienne qui collabore avec les Romains, il se fait proclamer roi et se maintient au pouvoir de 37 à 4 avant J.-C. C'est sous son règne qu'est située traditionnellement la naissance de Jésus.
Hérode Antipas (ou Hérode dans les récits de la vie publique de Jésus) : tétrarque de Galilée de 4 avant J.-C. à 39 après J.-C.
Hérode Agrippa : petit-fils d'Hérode Ier, il reconstitua pour une brève période (41 - 44 après J.-C.) le royaume de son grand-père, grâce à l'appui des empereurs Caligula et Claude.
Archelaüs (Hérode) : fils d'Hérode Ier, il avait reçu à la mort de son père (4 avant J.-C.) le gouvernement de la Judée, de la Samarie et de l'Idumée, mais fut déposé par Auguste (6 après J.-C.) et la Judée passa sous la tutelle directe de Rome.
Hérode Philippe Ier : appelé simplement Philippe dans les Évangiles : un des fils d'Hérode Ier, tétrarque des régions transjordaniennes (4 avant J.-C. - 34 après J.-C.).
Hérodien : désigne la dynastie originaire d'Idumée dont les membres ont gouverné tout ou partie de la Palestine, sous des titres divers, de 47 avant J.-C. à la prise de Jérusalem par Titus (70 après J.-C.).
Ponce Pilate : préfet de Judée de 26 à 36 après J.-C. Sa présence en Palestine est attestée autant dans les œuvres de Flavius Josèphe et de Philon d'Alexandrie que par une pierre portant son nom découverte à Césarée.
Prêtre (Grand Prêtre) : dans la religion judaïque, membre d'une des familles sacerdotales responsables du service cultuel

au Temple ; dans les Évangiles, il est fait mention d'Ann (Grand Prêtre de 6 à 15) et de son beau-fils (?) Caïphe (Grand Prêtre de 18 à 35).

Pharisien : parti religieux-laïc opposé au pouvoir des Sadducéens. Après la chute du Temple, les Pharisiens seront ceux qui reconstruiront le judaïsme pour lui donner la forme que nous lui connaissons aujourd'hui.

Qumrân : site archéologique au nord-est de la mer Morte où l'on a mis au jour, à partir de 1947, un ensemble de bâtiments de type monastique ayant abrité une communauté. Ceux-ci semblent avoir été violemment détruits au cours de la révolte juive de 66 - 70 après J.-C. On y a retrouvé de nombreux manuscrits bibliques et sectaires datant de cette époque.

Samaritain : communauté juive dissidente dont la rupture avec le judaïsme date de 925 av. J.-C. environ. Leur temple, rival de celui de Jérusalem, est situé sur le mont de Garizim.

Saducéen : secte juive dont les membres appartenaient surtout à l'aristocratie sacerdotale et jouaient un rôle politique important.

Temple : le premier Temple a été édifié au temps de Salomon (Xe siècle avant J.-C.) et détruit par les Babyloniens. Le Temple du temps de Jésus est le second rebâti au retour d'exil (VIe siècle) et considérablement aménagé et enrichi par Hérode le Grand à partir de l'an - 20. Sa destruction au cours de la prise de Jérusalem par Titus (70 après J.-C.) marque l'écrasement de la première révolte juive.

Zélote : parti juif religieux politique fondé par Judas le Galiléen en vue de s'opposer au recensement de Quirinius. Les zélotes menèrent une lutte à la fois contre les Romains et contre les Juifs soupçonnés de collaborer avec eux par manque de zèle envers Dieu.

Bio-bibliographies des participants

◆ **Christian-Bernard Amphoux** est spécialiste de l'histoire du texte et de la langue du Nouveau Testament. Chercheur au CNRS, il dirige le Centre de recherches textuelles Jean-Duplacy à Lunel-Montpellier. Il a notamment publié, avec Léon Vaganay, *Initiation à la critique textuelle du Nouveau Testament* (Cerf, 1986), ainsi que *La Parole qui devint Évangile* (Éditions du Seuil, 1993) et *L'Évangile selon Matthieu, Codex de Bèze* (Le Bois d'Orion, 1996).

◆ **Moshe Bar-Ascher**, linguiste, enseigne à l'Université de Jérusalem. Il est président de l'Académie des langues hébraïques d'Israël. Il a publié de nombreux articles sur les langues sémitiques, leur histoire, leur grammaire. Parmi ses livres, citons : *Palestinian and Grammatical Problems* (1977), *The Tradition of Michnaic Hebrew in the Communities of Italy* (1980).

◆ **Marie-Émile Boismard** travaille depuis de nombreuses années à l'École biblique et archéologique de Jérusalem. Spécialiste de l'Évangile de Jean, il a édité les trois tomes de la *Synopse des Évangiles* (en collaboration avec P. Benoît et A. Lamouille). Cet ouvrage de référence a également été traduit à travers le monde. Ses recherches concernent principalement la critique textuelle comme en témoignent *La Vie des Évangiles*, avec A. Lamouille (Cerf, 1980) et surtout *Moïse ou Jésus* (Leuven University Press, 1988). Il est également l'auteur de *Faut-il encore parler de « résurrection » ?* (Cerf, 1995) et de *À l'aube du christianisme, avant la naissance des dogmes* (Cerf, 1998).

◆ **Alan Culpepper** (Mercer University, Atlanta), spécialiste de l'Évangile de Jean du point de vue de la critique narrative, a notamment publié aux États-Unis *Anatomy of the Fourth Gospel, A Study in Literary Design* (1983), *The Johannine School* (1975), *John the Son of Zebedee : the Life of a Legend* (1994).

- **Joseph A. Fitzmyer**, jésuite, est professeur émérite de l'Université catholique d'Amérique à Washington. Spécialiste de l'Évangile de Luc, sur lequel il a publié un vaste commentaire, il l'est aussi des questions touchant aux origines sémitiques des textes évangéliques, notamment son substrat araméen. Il a publié de très nombreux livres, parmi lesquels *Essays on the Semitic Background of the Nex Testament, The Dead Sea Scrolls, The Gospel according to Luke, The Gospel according to Paul...*
- **Ennio Floris**, originaire de Cagliari (Sardaigne), est docteur en théologie de l'Angelicum de Rome et docteur en philosophie de l'université de Paris. Il est l'auteur de *Sous le Christ, Jésus* (Flammarion, 1987) où il développe sa méthode d'analyse référentielle des Évangiles. Il prépare actuellement un essai sur Judas.
- **Sean Freyne** est professeur de théologie au Département d'Études hébraïques, bibliques et théologiques du Trinity College de l'université de Dublin et membre du comité de rédaction de la revue internationale *Concilium*. C'est un spécialiste de l'histoire sociale et politique de la Galilée au Iᵉʳ siècle, à laquelle ont été consacrées la plupart de ses publications.
- **Pierre Geoltrain**, directeur d'études à l'École pratique des hautes études (Paris), est spécialiste de l'histoire des idées et des origines du christianisme. Il a dirigé, avec François Bovon, l'édition des *Écrits apocryphes chrétiens* pour la Bibliothèque de La Pléiade chez Gallimard (1997).
- **Christian Grappe**, maître de conférences à la Faculté de théologie protestante de l'université des Sciences humaines de Strasbourg, a publié aux Presses universitaires de France *D'un Temple à l'autre* (1992) et *Images de Pierre aux deux premiers siècles* (1995). Il travaille principalement sur le premier christianisme de l'Église de Jérusalem.
- **Pierre Grelot**, professeur honoraire à l'Institut catholique de Paris (École des langues orientales anciennes et Faculté de théologie),

a été membre de la Commission biblique pontificale. Auteur de nombreuses participations à des encyclopédies et volumes collectifs ainsi que de plus d'une vingtaine d'ouvrages d'exégèse et de théologie biblique (dernièrement : *La Tradition apostolique*, *Réponse à Eugène Drewermann*, *Dieu le Père de Jésus-Christ*, *Les Juifs dans l'Évangile selon Jean)*, il est également un des grands spécialistes de l'araméen du Nouveau Testament – citons notamment *L'Origine des Évangiles, Controverse avec Jean Carmignac* (Cerf, 1986). Il vient de publier les deux tomes de *Jésus de Nazareth, Christ et Seigneur* (Cerf, 1997-1998).

◆ **Martin Hengel**, professeur émérite de Nouveau Testament et d'Antiquités juives à l'université de Tübingen. Depuis son classique *Die Zeloten* (1961), ses livres sont traduits en neuf langues. Citons : *La Crucifixion dans l'Antiquité* (Cerf, 1981) et dernièrement *The Prechristian Paul* (1991), *Judaïca et Hellenistica* (1996), *Paul between Damascus and Antioch* (1997).

◆ **Éric Junod**, actuellement recteur de l'université de Lausanne, enseigne l'histoire du christianisme à la Faculté de théologie. Spécialiste du christianisme primitif, ses publications concernent principalement Origène, Philon d'Alexandrie et les apocryphes du Nouveau Testament comme *L'Évangile de Pierre* dont il a assuré une nouvelle édition commentée pour La Pléiade (Gallimard).

◆ **Jean-Pierre Lemonon**, professeur d'exégèse néo-testamentaire et d'histoire du Ier siècle à la Faculté de théologie de l'Université catholique de Lyon dont il a été le doyen (1985-1991), est l'auteur de l'ouvrage de référence sur Ponce Pilate, *Pilate et le gouvernement de Judée* (Gabalda, 1981) et récemment, avec J. Comby, de *Rome face à Jérusalem, regards des auteurs grecs et latins* (Cerf, 1992). Il a aussi publié *Le Monde où vivait Jésus* en collaboration avec H. Cousin et J. Massonnet (Cerf, 1997).

◆ **Malcom Lowe,** membre de l'Œcumenical Theological Research Fraternity en Israël, est également l'éditeur de la revue *Immanuel* et travaille tout particulièrement sur le dialogue chrétiens-Juifs à travers le Nouveau Testament.

◆ **Hyam Maccoby**, professeur au Leo Baeck College de Londres, a été rédacteur en chef de *The Jewish Quaterly*. Il a publié notamment *Revolution in Judaea (Jesus and the Jewish Resistance)* (1980), *Judas Iscariot and the Myth of Jewish Evil* (1992). Son dernier livre est *A Pariah People : the Anthropology of Antisemitism* (1996), traduit en français : *Paul et l'invention du christianisme* (Lieu commun, 1987).

- **Daniel Marguerat**, professeur de Nouveau Testament à l'université de Lausanne, où il travaille au sein de l'Institut des Sciences bibliques. À côté de livres destinés à un plus large public, notamment *L'Homme qui venait de Nazareth* (Éd. du Moulin, 1990), il dirige aux Éditions Labor et Fidès à Genève la collection « Le Monde de la Bible » où il a publié Oscar Cullmann, François Bovon, Jean Zumstein, Maurice Carrez, J.-D. Kaestli, François Vouga, Pierre Prigent et son *Jugement dans l'Évangile de Matthieu* (1981). Il vient de diriger *Le Déchirement. Juifs et chrétiens au Ier siècle* (Labor et Fidès, 1996).
- **Frans Neirynck,** professeur émérite de l'université de Louvain (Leuven), édite de nombreuses revues et est l'auteur d'un nombre considérable d'articles consacrés à l'étude du texte du Nouveau Testament. Notons, parmi son importante bibliographie, ses ouvrages les plus récents chez Leuven University Press : *Q-Synopsis : The Double Tradition Passages in Greek* (1988 et 1995), *The Minor Agreements in a Horizontal-Line Synopsis* (1991), *Evangelica II : 1982-1991* (1991), *The Gospel of Mark* A Cumulative Bibliography : 1950-1990 (1992). Trois volumes de *Mélanges* lui ont été consacrés en 1992. *The Four Gospels, Festschrift Frans Neirynck* (1992).
- **Étienne Nodet**, ancien élève de l'École polytechnique, dominicain de l'École biblique et archéologique française de Jérusalem, assure la traduction et l'édition commentée des *Antiquités juives* de Flavius Josèphe (sur les huit prévus, deux volumes sont parus aux éditions du Cerf). Après son *Essai sur les origines du judaïsme* chez le même éditeur, il a publié, en collaboration avec Justin Taylor, *Essai sur les origines du christianisme* (1997).
- **Enrico Norelli** enseigne à la Faculté autonome de théologie protestante de l'Université de Genève. Ses publications portent

principalement sur la littérature apocryphe, les apologistes, Marcion, Irénée de Lyon, les doctrines eschatologiques, le rapport avec le judaïsme et l'histoire de l'exégèse chrétienne ancienne. Il est l'auteur de plusieurs ouvrages sur *L'Ascension d'Isaïe* dont une édition traduite et commentée chez Brepols (1993) ainsi que pour La Pléiade (Gallimard, 1997). Avec Daniel Marguerat et J.-M. Posset, il a dirigé la publication du volume collectif *Jésus de Nazareth, nouvelles approches d'une énigme* (Labor et Fidès, 1998).

- **Charles Perrot,** professeur honoraire de l'Institut catholique de Paris, bibliste, spécialiste du judaïsme contemporain de Jésus, est, en particulier, l'auteur de *Jésus et l'Histoire* (Desclée, 1993), devenu un livre de référence sur la question historique à propos de Jésus et du judéo-christianisme des premiers temps. Il vient de publier *Jésus de Nazareth, Christ et seigneur des premiers chrétiens* (Desclée, 1997).
- **Émile Puech**, directeur de recherches au CNRS, est co-éditeur en chef des manuscrits de la mer Morte, directeur de la *Revue de Qumrân*. Épigraphiste, il a publié un nombre considérable d'articles dans des revues du monde entier... Il est également membre de la Société des lettres, sciences et art de l'Aveyron (Rodez), membre du Conseil éditorial de la revue *Le Monde de la Bible* (Bayard) et consultant pour le projet de l'*Encyclopædia of the Dead Scrolls* (New York). Il est co-auteur du volume collectif *Qumrân et les manuscrits de la mer Morte, un cinquantenaire* (Cerf, 1997).
- **Daniel Schwartz** est professeur au Département d'Histoire juive à l'Université hébraïque de Jérusalem. Il a publié : *Agrippa I : The Last King of Judea* (1990) et *Studies in the Jewish Background of Christianity* (1992). Il prépare actuellement une édition critique du *Second Livre des Macchabées* dont il assurera aussi la traduction.
- **Jean-Marie Sevrin,** spécialiste de l'Évangile selon Jean et des écrits gnostiques coptes, enseigne à la Faculté de théologie et de droit canonique de l'Université catholique de Louvain-la-Neuve. Hormis ses publications concernant les textes de Nag Hamadi,

il a dirigé *The New Testament in Early Christianity*, la réception des écrits néo-testamentaires dans le christianisme primitif (Leuven Universtiy Press, 1989).

- **Guy Gedaliahu Stroumsa,** spécialiste de la Gnose, enseigne à l'Université hébraïque de Jérusalem. Il a publié des textes dans de nombreux ouvrages collectifs et, à titre individuel : *Another Seed : Studies in Gnostic Mythology* (1984), *Savoir et Salut* (Cerf, 1992), *Hidden Wisolom : Esoteric Traditions and the Roots of Christian Mysticism* (1996).
- **Étienne Trocmé,** professeur émérite de l'université des Sciences humaines de Strasbourg, a été président de Strasbourg-II, doyen de la Faculté de théologie protestante et premier vice-président de la conférence des présidents d'université. Il est directeur de la *Revue d'histoire et de philosophie religieuse*, et préside notamment la Société internationale pour l'étude du Nouveau Testament et la Société Ernest-Renan. Parmi ses publications : *La Formation de l'Évangile selon Marc* (PUF, 1963), *Jésus de Nazareth vu par les témoins de sa vie* (Delachaux et Niestlé, 1972), *The Passion as Liturgy* (1983), *L'Enfance du christianisme* (Éditions Noêsis, 1997).
- **Gerd Theissen** est professeur de Nouveau Testament au Séminaire de théologie protestante de l'université de Heidelberg. Spécialiste de la sociologie de la Palestine au Ier siècle, il lui a consacré plusieurs de ses ouvrages. Certains ont été traduits en français : *Le Christianisme de Jésus* (1978), *Histoire sociale du christianisme primitif* (1996) et *L'Ombre du Galiléen, récit historique* (Cerf, 1994). Il vient de faire paraître, avec A. Merz, *Der Historiche Jesus* (1996).
- **Joe Zias,** anthropologue au département des Antiquités israéliennes, où il travaille au musée Rockefeller, a publié de très nombreuses études, notamment sur les ossements du seul crucifié jamais découvert, *The Crucified Man from Giv'at ha Mirta*. Il a aussi travaillé à la question de la crucifixion elle-même, tant sur le plan historique que sur le plan médical (et sur l'histoire de ses représentations).

Repères bibliographiques

- P. Benoît et M.-É. Boismard : *Synopse des quatre Évangiles* (Cerf, 1990)
- Pierre-Antoine Bernheim, *Jacques, frère de Jésus* (Éditions Noêsis, 1996)
- Marie-Émile Boismard : *Moïse ou Jésus* (Leuven University Press, 1988)
- S.G.F. Brandon : *Jésus et les zélotes* (Flammarion, 1975)
- Rudolph Bultmann : *Jésus, mythologie et démythologisation* (Le Seuil, 1968)
- Collectif : *Les Évangiles* (Desclée de Brouwer, 1990)
- Oscar Cullmann : *Jésus et les révolutionnaires de son temps* (Delachaux et Niestlé)
- Bernard Dubourg : *L'Invention de Jésus*, tomes 1 et 2 (Gallimard, collection L'Infini, 1987 et 1989)
- Ennio Floris : *Sous le Christ, Jésus* (Flammarion, 1987)
- Paula Fredriksen, *De Jésus aux Christs* (Cerf, 1992)
- Charles Guignebert : *Jésus* (Albin Michel, réédition 1969), *Le Christ* (Albin Michel, réedition 1969)
- Pierre Grelot : *Les Juifs dans l'Évangile selon Jean* (Gabalda, 1995), *L'Espérance juive à l'heure de Jésus* (Desclée, 1996)
- Mireille Hadas-Lebel : *L'Hébreu, trois mille ans d'histoire* (Albin Michel, 1992), *Flavius Josèphe* (Fayard, 1989)
- Tristan Hannaniel : *Les Controverses du christianisme* (Bordas, 1992)
- Helmut Koester et François Bovon : *Genèse de l'écriture chrétienne* (Brépols, 1991)
- Simon Légasse : *Le Procès de Jésus*, tomes 1 et 2 (Cerf, 1994)
- Charles Perrot : *Jésus et l'Histoire* (Desclée, 1993)

◆ *Écrits apocryphes chrétiens* (Gallimard, La Pléiade, 1997)
◆ Michel Quesnel, *L'Histoire des Évangiles* (Cerf, 1987)
◆ Louis Rougier, *La Genèse des dogmes chrétiens* (Albin Michel, 1972)
◆ Graham Stanton, *Parole d'Evangile ?* (Cerf, 1997)
◆ Raoul Vaneigem : *La Résistance au christianisme* (Fayard, 1993)
◆ François Vouga, *Les Premiers pas du christianisme* (Labor et Fidès, 1998)
◆ Sous la direction de J.-D. Kaestli et D. Marguerat : *Le Mystère apocryphe* (Labor et Fidès, 1995)

Pour mémoire, nous renvoyons à quelques textes fondamentaux mais disponibles uniquement en bibliothèque :
◆ l'ensemble de l'œuvre d'Alfred Loisy (1856-1940),
◆ Maurice Goguel : *Jésus* et *La Naissance du christianisme*,
◆ Joseph Klausner : *Jésus de Nazareth*,

et les ouvrages des historiens rationalistes comme Prosper Alfaric, P.-L. Couchoud, Georges Ory ou Daniel Massé.

Les citations d'Origène, *Contre Celse* (traduction Marcel Borret),
de Tertullien, *Contre Marcion* (traduction René Braun),
de Méliton de Sardes, *Sur la Pâque* (traduction Marcel Borret),
de *L'Évangile de Pierre* (traduction M.-G. Mara)
proviennent de la collection Sources chrétiennes (Cerf).

L'œuvre de Justin, présentée par Jean-Daniel Dubois, traduite par G. Archambault et L. Pautigny a été publiée par les éditions Migne-Brépols (1994).
Les éditions du Cerf assurent l'édition de Philon d'Alexandrie et en particulier de *Legatio ad Caïum* (traduction André Pelletier) et des *Antiquités juives* de Flavius Josèphe (traduction en cours sous la direction de Étienne Nodet).
La Guerre des Juifs, présentée par Pierre Vidal-Naquet (traduction Pierre Savinel), est publiée par les éditions de Minuit (1977).

Ecrivains et cinéastes, **Gérard Mordillat** et **Jérôme Prieur** ont réalisé ensemble un grand documentaire, *La Véritable Histoire d'Artaud le Momo* (avec Paule Thévenin, Marthe Robert, Henri Thomas, Jacqueline Adamov et Henri Pichette), puis écrit pour le cinéma l'adaptation du journal de Jacques Prevel, *En compagnie d'Antonin Artaud*, réalisé par Gérard Mordillat – avec Sami Frey, Marc Barbé, Julie Jézéquel, Charlotte Valandrey et Valérie Jeannet.

Au terme de ces deux films, Gérard Mordillat et Jérôme Prieur ont assumé la nouvelle édition commentée de l'œuvre de Jacques Prevel, *En compagnie d'Antonin Artaud* suivi de *Poèmes* (Flammarion).

Ce travail de référence sur Antonin Artaud a été récompensé par le prix de l'Académie Charles-Cros, le prix Max-Pol-Fouchet de la Société des gens de lettres et le Prix spécial de la Société des auteurs et compositeurs dramatiques. Enfin, ils ont reçu la médaille Yedi-Frends pour leurs recherches.

Mille et une nuits propose des chefs-d'œuvre pour le temps d'une attente, d'un voyage, d'une insomnie…

15 mars 98

LES PREMIERS LIVRES EN EURO

Nouveautés

n° 196 Bossuet, *Sermon sur l'ambition* ; 1 euro/6,50 F
n° 197 Maïakovski, *Le Nuage en pantalon* ; 1,50 euro/10 F
n° 198 Karl Kraus, *Aphorismes* ; 2 euro/13 F
n° 199 *Genèse* ; 2,50 euro/16F50
n° 201 Cyrano de Bergerac, *L'Autre Monde* ; 3 euro/19,50 F
n° 202 Proust, *Les Plaisirs et les Jours* ; 3,50 euro/23 F

Réimpression

n° 9 Miguel de Cervantes, *L'Amant généreux* ; 1,5 euro/10 F
n° 18 Sénèque, *Sur la brièveté de la vie* ; 1 euro/6,50 F
n° 31 Prosper Mérimée, *Carmen* ; 2 euro/13 F
n° 53 Pascal, *Discours sur les passions de l'amour* ; 1 euro/6,50 F
n° 59 Sade, *Français, encore un effort si vous voulez être républicains* ; 1,5 euro/10 F
n° 98 Spinoza, *Traité de la réforme de l'entendement* ; 2 euro/13 F

Déjà parus chez Arte Éditions/Éditions Mille et une nuits

***Corpus Christi*, l'intégrale**
Un coffret de 6 volumes :
Crucifixion, Procès, Roi des Juifs, Pâque, Résurrection, Christos

85. Elie Wiesel/Jorge Semprun, *Se taire est impossible.*
110. Jacques Berque/Jean Sur, *Les Arabes, l'islam et nous.*
129. Pierre Legendre, *La Fabrique de l'homme occidental.*
143. Dominique Méda/Juliet Schor, *Travail, une révolution à venir.*
157. Edgar Morin/Christoph Wulf, *Planète : l'aventure inconnue.*
170. Jacques Testart/Jens Reich, *Pour une éthique planétaire.*
183. Claude Lanzmann, *Un vivant qui passe*

Hors collection

Collectif, *L'@mour est à réinventer.*
Collectif, *Cannes, les années Festival Cinquante ans de cinéma (coffret, 50 vol.).*
Claire Alby/Alfred Caron, *Passion Callas*

Pour chaque titre, le texte intégral, une postface, la vie de l'auteur et une bibliographie.

Achevé d'imprimer en mars 1998,
sur papier recyclé Ricarta-Pigna par G. Canale & C. SpA (Turin, Italie)